# 深夜食堂

14

安倍夜郎

NG

# 菜單

# 清晨2時

# 第 184 夜 ◎ 蠶豆

每個人對服裝的堅持不同，
一色先生是從上到下
都是同色系的完整搭配，
顏色隨當日心情變換。
有趣的是，他到店裡
會點跟衣服顏色一樣的菜。

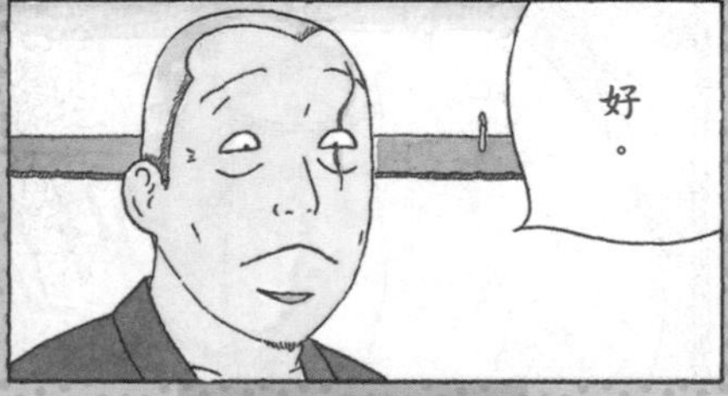

今天的主題是棕色呢！

想試試看走粗獷路線，怎麼樣？

不錯啊，每次都很期待你會點哪一道跟衣服顏色一的菜。

但是你上次來的時候一身紅，真嚇人一跳。

那天無論如何都想吃拿波里麵。只有皮帶是綠色，代表青椒……

喔，真講究啊！

喀啦
老闆有蠶豆嗎？

有啊，現在是產季。

那我要蠶豆。
我也要！

好。

……

久等了。
哇，看起來好好吃！

我開動了。

真由美，不剝皮嗎？

嗯，完全沒關係。
也對，反正是水煮的。

好吃！
……

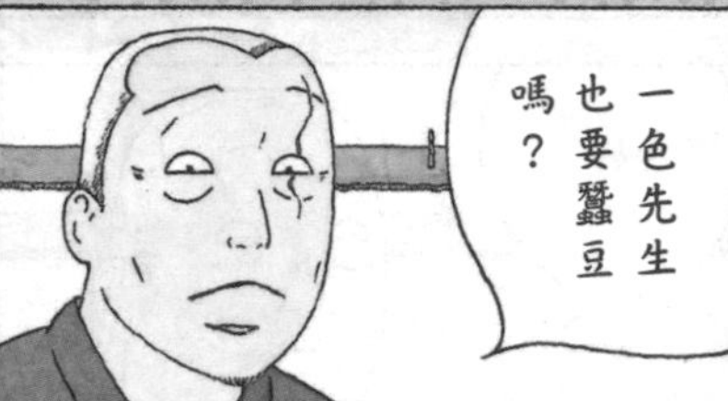
一色先生也要蠶豆嗎？

不……老闆，結帳。

一色先生坐立不安地離開了，半小時後——
喀啦
老闆我要蠶豆！

三天後——
真是嚇了一大跳。
めし

我還以為是蠶豆怪物來啦！
哈哈哈。

那是一色先生的堅持啊！

一色先生什麼時候開始那樣的啊？
唔，大概十年前吧……

我還真搞不懂。

太太去世，他也退休了之後，一色先生開始相親。有一次穿著淺藍色的外套和襯衫去參加相親活動，被人稱讚很會穿衣服，從那之後就這樣了。

相親的結果呢？

沒結果吧，他好像現在偶爾還去參加相親活動呢！

喀
啦

大家好。

全白！

我知道了，今天吃豆腐?!

哈哈！老闆，山藥泥蓋飯。

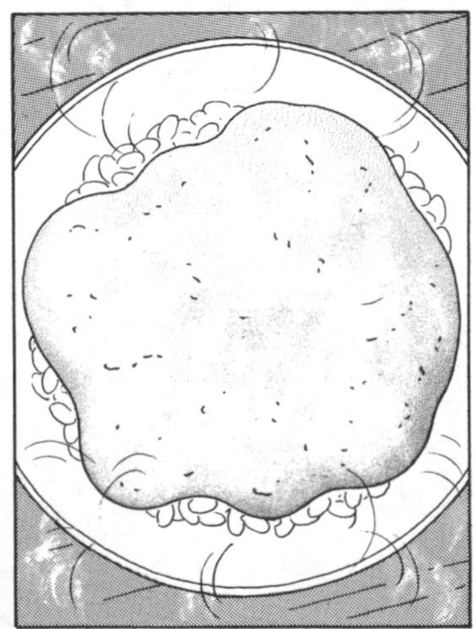

……
一色先生今天穿白色真帥，好像紅白歌唱賽的白隊隊長。

哈哈，其實我本來打算這次是最後一次相親，結果竟遇到理想的女士。

那太好了。是怎樣的女士？

很適合花衣服，非常開朗，胖胖可愛的女士。

胖胖的最好。對方覺得一色先生怎樣呢？

好像也覺得我不錯，稱讚我會穿衣服呢……

但是還有另外一個人追她，全身上下都是格子花紋的討厭傢伙。

這麼快就出現情敵啦！

嗯……然後
約了星期一，
三人一起打
保齡球。

一色先生很
會打保齡球
是吧？

沒錯！
我打算好好教
訓格子老頭，
一口氣追到她。
老闆，
再來一碗
山藥泥蓋飯！

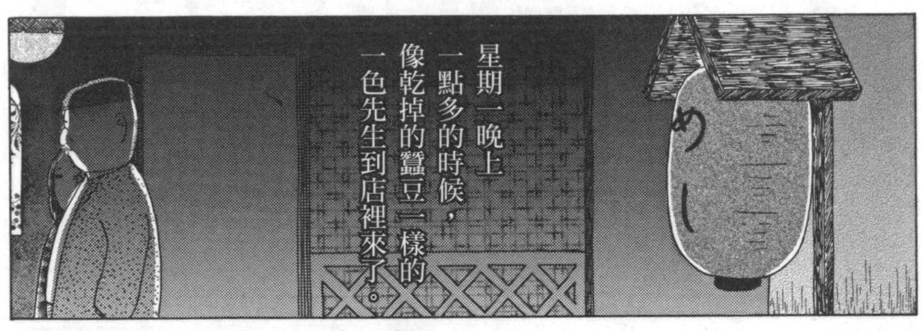
星期一晚上
一點多的時候，
像乾掉的蠶豆一樣的
一色先生到店裡來了。
めし

輸慘了……
……

那天一色先生以新綠為主題，
穿著全套的鮮綠色服裝，
帶著自家綠色保齡球，
去參加比賽。

唉！
板橋區男子遭前女友刺成重傷。
20日凌晨，住在板橋區上板橋附近的72歲老翁島五十八先生被75歲的女性刺傷——

……就是他！

哎?!

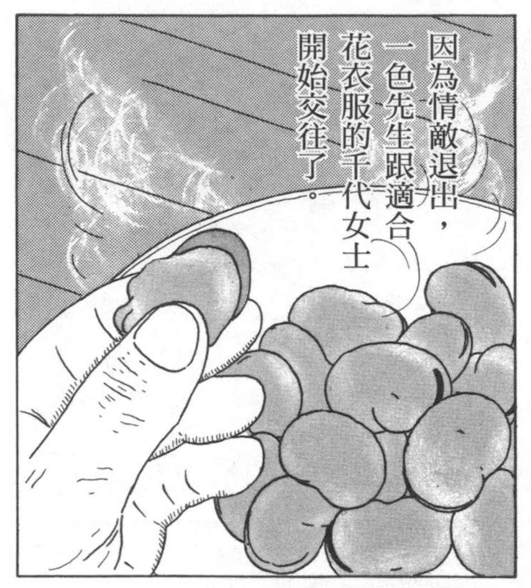
因為情敵退出，
一色先生跟適合
花衣服的千代女士
開始交往了。

來，千代女士。
謝謝。

一色先生真認真呢！

哈哈，是嗎？
呵呵呵。
最近一色先生總是
穿著千代女士選的花襯衫，
那之前的堅持算什麼啊！

# 第185夜◎鰆魚西京燒

魚字旁加上春就是「鰆」。
買菜的時候
看見鰆魚好像很好吃，
就買來用西京味噌醃起來。
天氣雖然有點冷，
但已經是春天了。

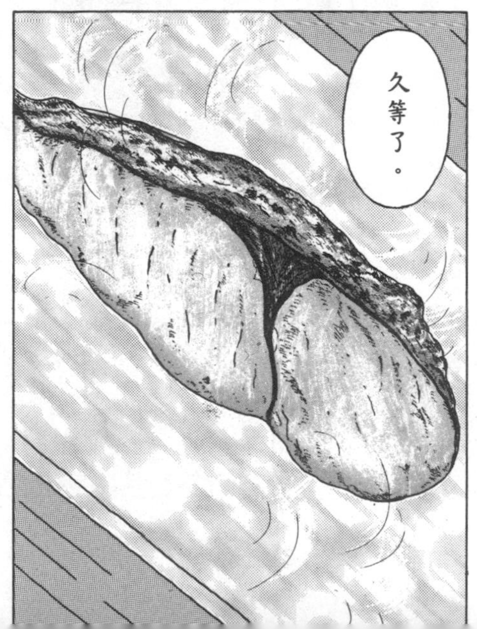

嗯～皮的部分也很好吃。

大町先生，那個最近很紅喔？

是啊！但我完全搞不懂為什麼會賣。
大町先生本來是沒沒無名的玩偶師傅，偶爾做的大象玩偶在網路上爆紅，跟玩具公司簽了約，推出相關產品，大賣特賣。

喀啦

老闆，快看，我終於買到象次郎了！

對，很可愛吧！

麻里玲，妳也迷象次郎？
……

啊，謝謝。

這位就是設計象次郎的大町次郎先生。
妳好，我是大町。

哎？

哇——
謝謝大町老師！

老師，我下次想跟象次郎一起上台，你覺得怎樣？

上台？

麻里玲是附近花園新藝術的當家脫衣舞孃喔！

脫衣舞孃?!
是，我是松嶋麻里玲。

啊～～

……

怎麼樣？

我是很高興啦，
但這孩子
會害羞……

這樣啊……也是。
對不起。
那就讓象次郎
在後台等我好了。

謝謝。象次郎
看來也鬆了一
口氣呢！
哎，
真的?!
那太好了。

大町先生
離開之後……

好像很
有錢。

大町老師
真棒。溫
柔又純真，
而且……
而且？

到頭來
還是錢啊！
女人真
可怕。

果然人紅了，
有錢有名就不一樣了。
喪妻十五年，
完全沒有女人緣的
大町先生……
たぐ

來，老師。

……

鰆魚西京燒，久等了。

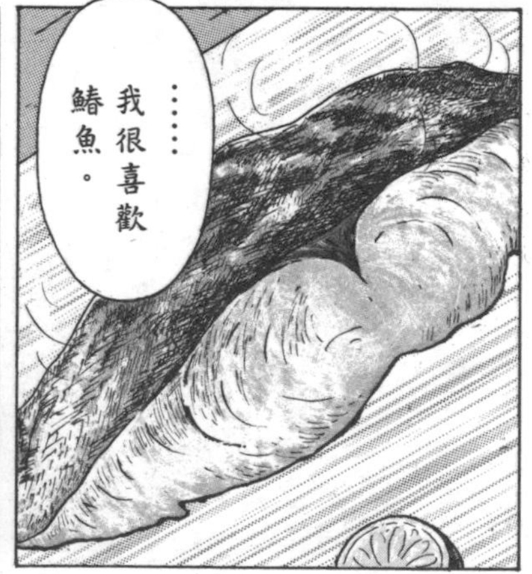
……我很喜歡鰆魚。

對佐原小姐也……
咦，我?!

嗯。
好高興！人家也喜歡老師。

！

佐原小姐……
人家是認真的。

佐原小姐是擔任大町先生玩偶活動的主持人認識的。除了主持工作外，還從事模特兒等演藝工作。……但是兩人離開後，阿北跟阿島說了好多壞話。
酒（一杯）
住客人限點三杯酒

什麼演藝人員，不就是不紅的畫報模特兒，看她拍馬屁的樣子。

反正是看上了錢。
當然啊，那種女人可花錢了。

一個月後——
大町先生最近變年輕了。

衣服也很時髦。
這是佐原小姐幫我選的。

她現在是我的秘書，週末就要搬到我家了。
這樣啊！

不過，有件事我一直很介意。
什麼？

最近，我死掉的老婆每個晚上都出現在夢裡。

哎?!

什麼也不說，就一直望著我。

是不是因為嫉妒你交了年輕女友啊？還是快點去掃墓吧！

這樣啊！也對，我會去的。

一週後——
めし

佐原小姐辭了秘書，離開了。

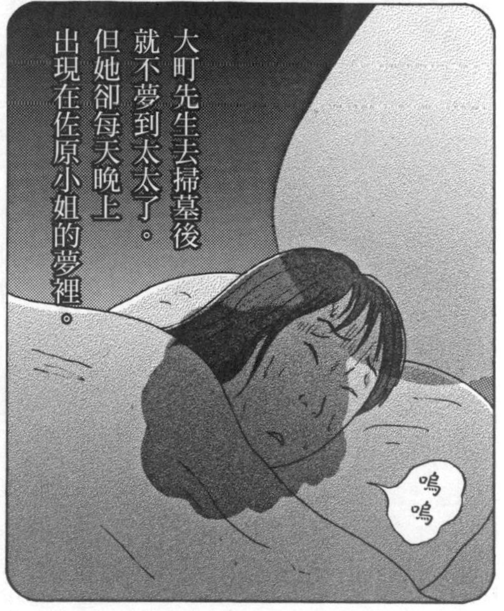
大町先生去掃墓後就不夢到太太了。但她卻每天晚上出現在佐原小姐的夢裡。
嗚嗚

說我太太在廚房烤鰆魚，然後鰆魚突然起火，燒成火柱。

……

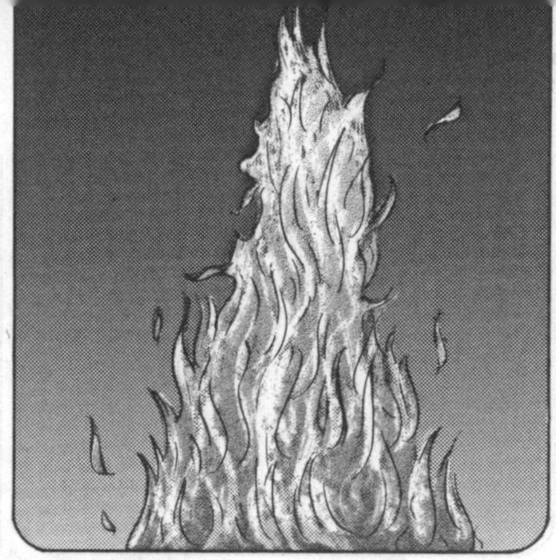

然後我太太
望著佐原小
姐說——

鰆魚真的很
能燒呢，嘿
嘿嘿……

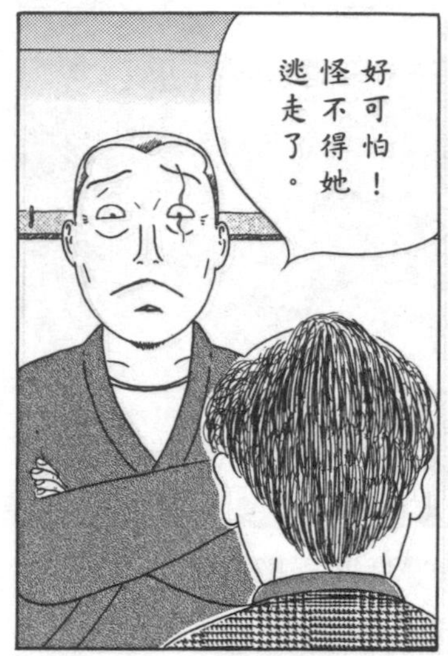
好可怕！
怪不得她
逃走了。

後來才知道，
她養著不像樣的
小白臉，
分手是正確的。

最近大町先生
勤快地去給太太
掃墓呢！

# 第186夜◎韭菜滑蛋定食

店裡的客人多半都是常客，
但有時候會有年輕人
畏畏縮縮地進來。
天亮時進來的這兩人
就是這樣。

豬肉味噌湯定食
啤　酒（大）
日本酒（兩合）
燒　酒（一杯）

這是菜單。

我要豬肉味噌湯定食。真央呢？
要點什麼呢？好難決定喔！

喀啦
韭菜滑蛋定食，飯要大碗。

好。

啊，我也要韭菜滑蛋定食，飯要小碗。

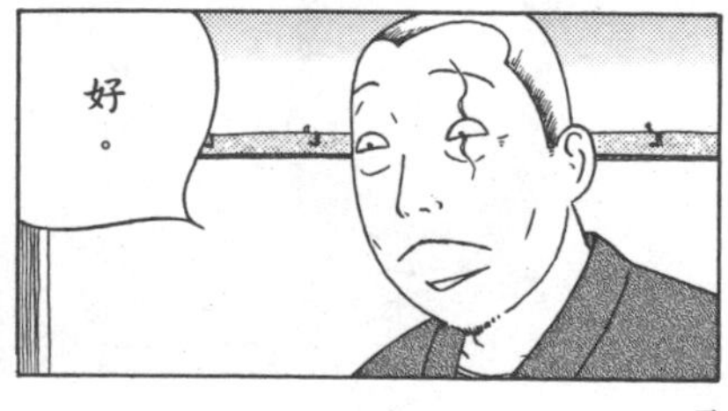
好。

久等了。

是勾芡的。
真的。

高円寺那裡有一家好吃的中餐廳，那裡的老闆教我的。

我媽的韭菜滑蛋是用蛋汁，很像一般炒蛋。

對，以前常常為了這個吵架。

兩種都很好，但配飯的話絕對是這種。澆在飯上吃吃看？
！

好。

我開動了。

哇，好好吃。

我也吃一點好嗎？

真的很配飯。

老闆，再來一碗白飯，要大碗！
真是快！

嘿嘿，是吧？

我吃飽了。

那兩個孩子說是京都來的吧？
嗯，搭深夜巴士來畢業旅行的。

畢業旅行啊，好懷念……

真由美去了哪裡？

香港暴食之旅，然後去韓國吃烤肉。
……

當晚——
歡迎光臨。

我們又來了。
肚子餓了。

我開動了。

今天去了哪裡？

去下北澤看舞台劇，然後去台場，

之後去聽了深夜落語……

哎？舞台劇和落語啊！
……

這兩位是今天清晨從京都來的，大學畢業旅行。
喔！

真好，跟可愛的女孩子一起畢業旅行。男生也很帥。

哪裡。

年輕真好。但是不好好把握的話，進入社會環境改變了，常常就會分手呢！
阿八，你說什麼啊！
對不起，這人看見甜蜜的情侶總是這樣。

喔……
……

次日──
めしや
今天自己一人嗎？

這樣啊，今天也要韭菜滑蛋嗎？

晚上分別行動。他說要跟搬到東京的高中同學見面。

嗯。

我四月開始

要在老家金澤當主播了。

女主播耶，競爭很激烈對吧？
是的。

他要回長崎當高中老師。
我們都沒明說，但心裡都知道這可能就是最後了。

……

她離開之後不久，男生跟朋友一起來，跟她一樣哭了。
其實不想分手的。

叫她跟你回長崎啊！
不能這樣。

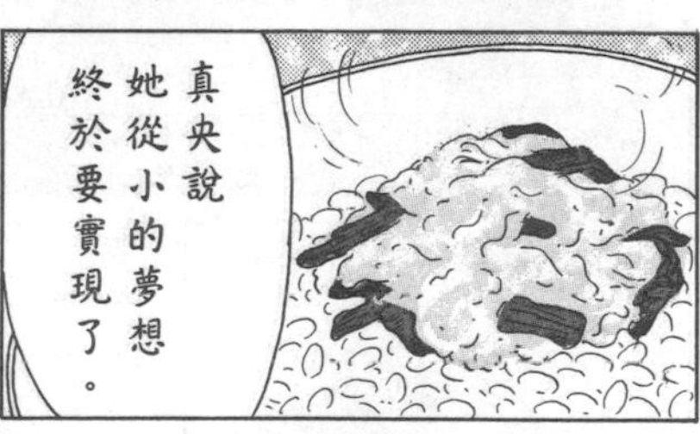
真央說她從小的夢想終於要實現了。

只能分手……

青春的煩惱。這個季節日本到處都有同樣的戲碼啊！

四年後，判若兩人漂亮的真央到店裡來了。
花園五番街
Sunny Side up
リーチ
みなみ
Bar

韭菜滑蛋定食。
好。

我要結婚了。

恭喜。

不是跟畢業旅行的那個人，他好像秋天也要結婚了。

這樣啊！

我開動了。

哇，好久沒吃了。

！

# 第 187 夜 ◎ 美式炸熱狗

喜劇演員世良夫老師
說想吃鬆餅，
他以前的學生，
現在比他紅的演員阿始
就去買材料。

鬆餅，
久等了。

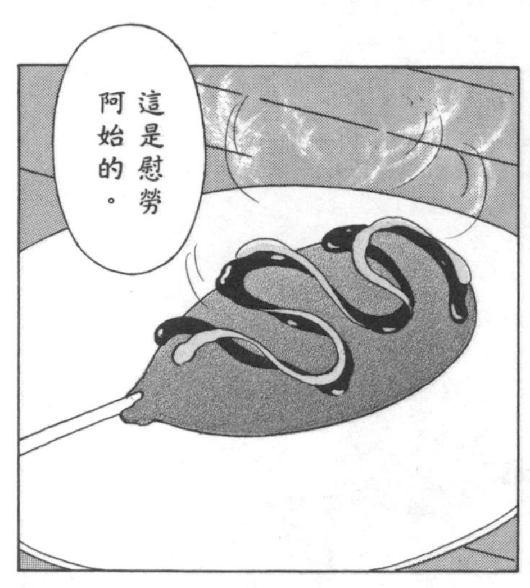
這是慰勞
阿始的。

……
哇，
謝謝。

既然有粉
就做了，
裡面是
魚肉香腸。

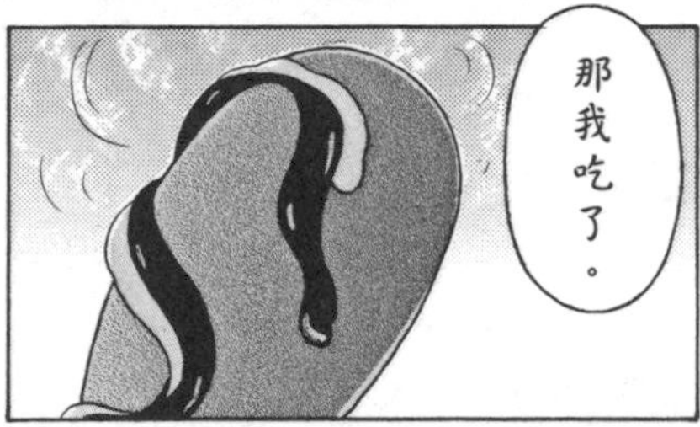
那我吃了。

喂，阿始，
我跟你換吧？
?!

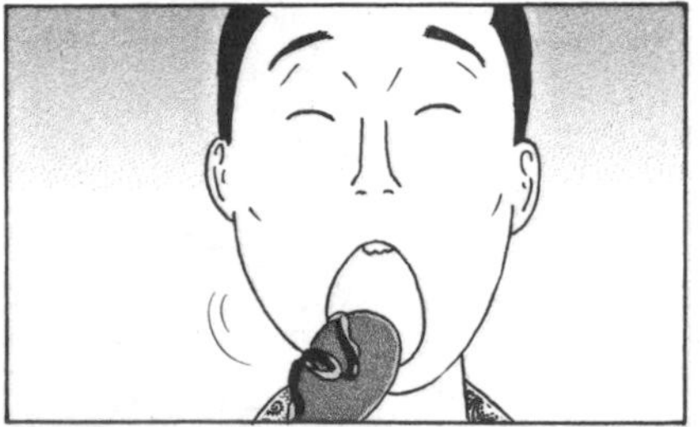

您說什麼啊，
師傅想吃鬆餅
不是嗎？

改變主意
了，現在想吃
美式炸熱狗，
跟我換吧！

不要。
別這麼說，
來換。

不了，謝謝。
我最喜歡
美式炸熱狗了。

那就給我
咬一口吧！
不行！

交換啦，
師傅都拜託
你了。
真煩啊！

你這混蛋！
低聲下氣求你
就蹺起來了！
你忘記師傅的
恩情了嗎?!

簡直像是在看鬧劇。
這個混蛋！
幹嘛這樣。

哈哈哈，就給師傅吧，阿始，我再做一根。

不好意思。

哼，早給不就好了嘛！

嗯，美國風味！

世良夫師傅好像喜歡店裡的美式炸熱狗，之後也常一個人來。
喲！

等你好久了！
店裡也有很多粉絲，常客們都很高興。

……然後俺就去夜襲那小妞啦！

結果呢？
鑽進被窩就成了。

啊，不行，不要這樣，啊啊……不行不行……
嗯哼，嗚，啊，不行，不要停！
雖然都是黃段子，大家都很喜歡。

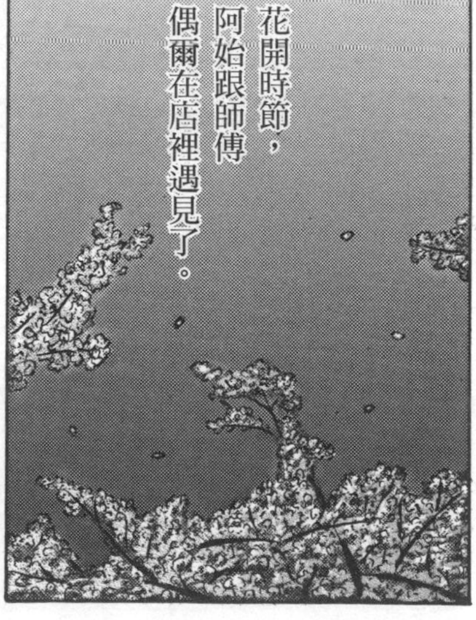
花開時節，阿始跟師傅偶爾在店裡遇見了。

啊，師傅，好久不見。

！
那天師傅醉得很厲害。

你這混蛋！
又怎麼了？師傅。
混蛋，你上了美代子吧？
啊……是美代子主動的。

美代子是師傅一直在追的荒木町小酒館的老闆娘。
你說什麼！混蛋，不可原諒！
師傅，別激動。
阿始不管道歉還是安慰，師傅都大吵大鬧，然後說了那句話。

比香腸還短小的玩意，還真能跟女人做啊，你這小屌！

每個人都有不想觸碰的痛處，特別是介意的事情。
顯然這就是阿始的痛處。

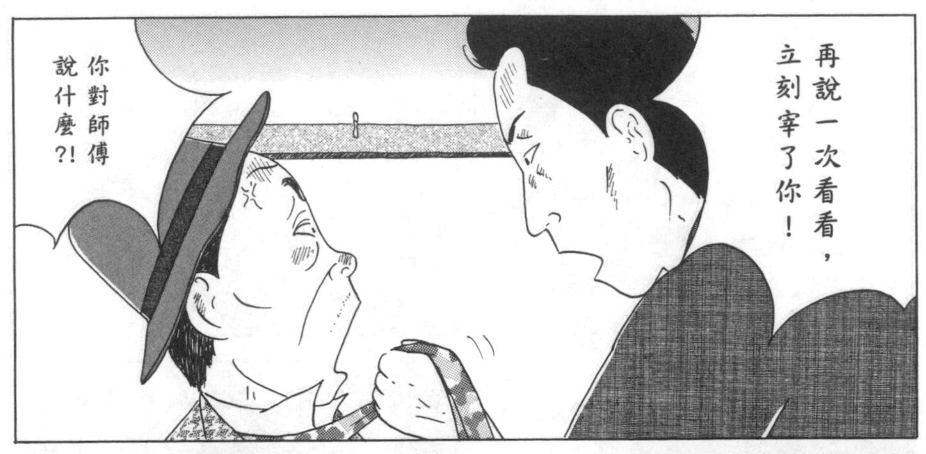
再說一次看看，立刻宰了你！
你對師傅說什麼?!

混蛋，逐出師門！

太好了！我正打算離開。

從那時開始，師傅就成天發酒瘋。

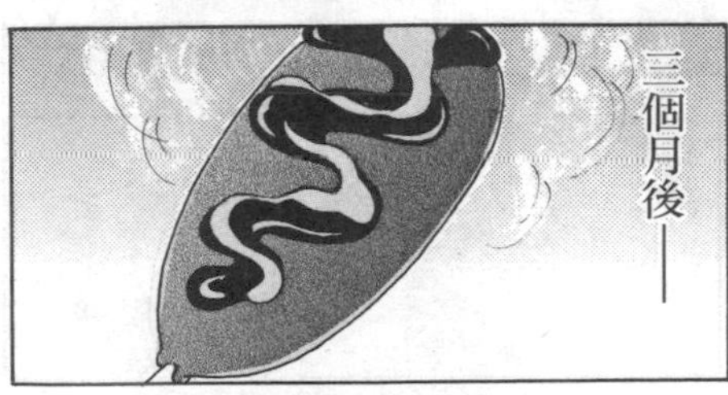
三個月後——

還沒跟師傅和好嗎？
嗯……

最近師傅
成天醉醺醺地
發酒瘋。

最近沒工作吧，
業界大老們
都討厭師傅……

我當師傅助手的時
候，師傅在電視台大
廳碰到演出大河劇的
女明星千子小姐……
喲，小千，
紅了就變漂亮啦！
我們在淺草認識的
時候妳就一直存錢
要整型，現在愛
怎麼整就怎麼
整啦！

千子小姐
臉色非常難看地
瞪著師傅。
他跟其他演員
也處不好……

……

禍從口出啊！
但是……
不能幫幫師傅
嗎？

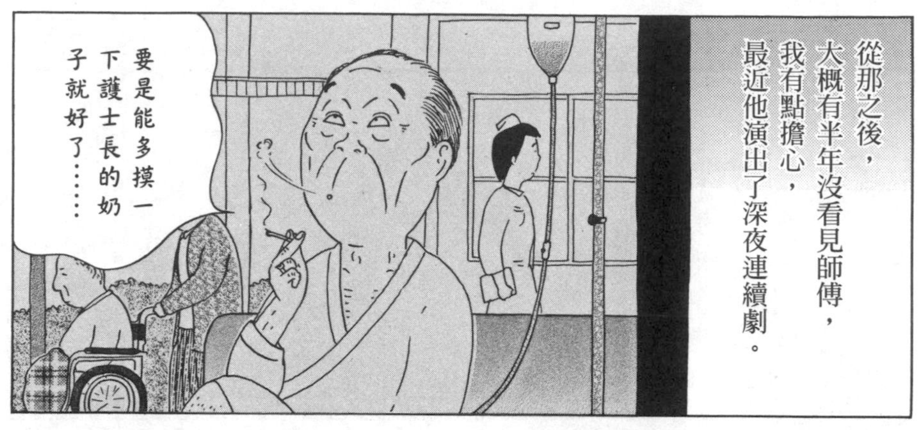
從那之後，
大概有半年沒看見師傅，
我有點擔心，
最近他演出了深夜連續劇。
要是能多摸一下護士長的奶子就好了……

師傅很行啊！

雖然每集只有一個鏡頭，還是很讚。
只剩下三個月壽命，仍是個大色鬼。真適合師傅。

喀啦
喲！
歡迎光臨，好久不見！

喲，大明星！

謝謝。
老闆，美式炸熱狗！

深夜連續劇風評很好，
最近工作接連不斷，
師傅很久沒這麼有精神了。

喀
啦

歡迎光臨。
！

阿始！

是你推薦我演連續劇的吧？

謝謝。有個好徒弟，我真是幸福啊！

師傅……

# 第188夜 ◎ 拿波里烏龍麵

我的經營方針是：
只要說一聲，
店裡有食材我就做。
但這道菜還真是第一次。

為什麼點這種？

因為老闆說什麼都可以做，我就突然想到。

真意外雛子這樣的大小姐，會點拿波里烏龍麵。

是嗎？以前交往過一陣子的男士做給我吃過。非常好吃。
哎，怎樣的人？

在教學醫院上班，還跟我求婚了……

但是我沒法忍耐一輩子看著他的臉過活……

好過分喔！

每次看到別人吃什麼
都要照點的真由美，
好像不喜歡拿波里烏龍麵，
並沒有點來吃。

沒辦法……

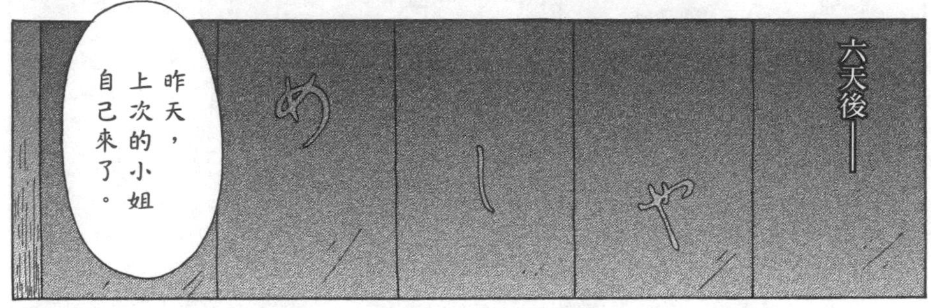
六天後──
昨天，
上次的小姐
自己來了。

雛子來了？
她有點怪吧？

雛子很純真的，
她是名門世家的繼
承人，有一陣子每
個月都相親，最近
好像平靜多了……
但是竟然吃拿波里
烏龍麵。

嗯，有點。
拿波里烏龍
麵，她一條
條地吃呢！

哎，有人點拿波里烏龍麵啊？
這位是前竹之子族，現在是庸醫的笹原。

有啊！我也是第一次做就是了。

拿波里烏龍麵其實是他的拿手好菜，非常好吃喔！
哎……

啊，那位雛子小姐，是叫高階雛子嗎？

是啊，哎?!難道你是教學醫院的……

是的。現在我在島根的縣立醫院就是了。

里村今天到東京來參加學會。
抱歉太晚自我介紹，我是里村。

雛子小姐說，以前交往過的對象做的拿波里烏龍麵非常好吃。

雛子小姐記得我的拿波里烏龍麵啊……

笹原醫生說，里村先生被雛子小姐甩了之後，自己請調到島根的縣立醫院，而且現在還單身……

高階画廊

……

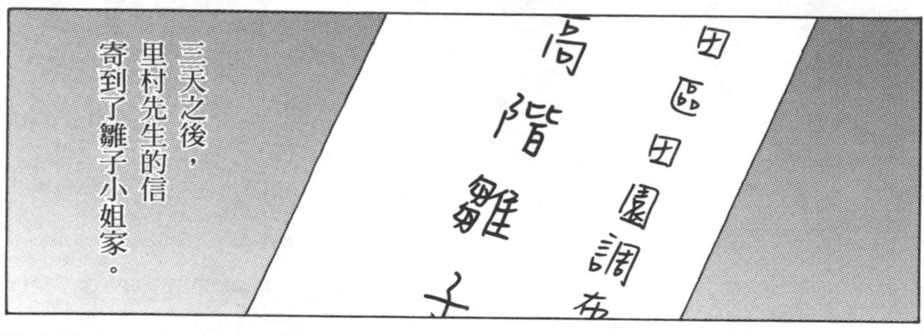
三天之後，里村先生的信寄到了雛子小姐家。

他在深夜食堂聽說拿波里烏龍麵的事，找到畫廊來，但在門外看到我激動得說不出話，就回去了。
哎，然後呢？
他說他下個月要來東京，問我能不能見面。

嗯？妳會見他嗎？

拿波里烏龍麵，久等了。
嗯，反正我很閒。

我開動了。

……

一個月後——
めし

里村非常高興，託這裡的拿波里烏龍麵之福，他又開始跟那位小姐交往了。

又交往了嗎？

哎，他是這麼認為的。
八年前他求婚被拒的時候，我還擔心他會自殺呢！

但結果不是很好嗎，他去島根之後，臉型變了，也更有自信。現在很帥啦！

這樣啊……男人的臉過了四十歲才算數。

後來真由美說，雛子小姐跟每個月來東京一次的里村先生一起吃飯看戲。
キッチン
河

秋天的夜晚，雛子小姐很難得沒有叫拿波里烏龍麵，而是真由美點了——。

原本是想，不知道味道怎樣，結果還滿好吃的呢！

……有人跟我求婚了。

里村先生嗎？
不是，是畫廊附近餐廳的主廚。
是義大利人耶！

然後呢？

我當場就答應了。
啥?!

他是我喜歡的長相，之前就覺得他好帥。

里村先生
怎麼辦？

沒辦法啊！
一個月一次
拿波里烏龍麵
還不錯，
每天的話
就……

……
女人
真殘酷。

數日後──

嗚嗚
……

里村……
嘶
嘶
咳咳

笹原醫生擔心
他這輩子再也振
作不起來了吶！

# 第189夜◎黏黏菜

看見進門的櫻井，我心想：哎喲，他又辭職啦！櫻井是個有學歷又善交際，長袖善舞的男人，但很沒定性，成天換工作。

我要黏黏菜跟燒酒加冰塊。

好。

黏黏菜，久等了。
黏黏菜是山藥、秋葵和納豆牽絲黏黏三兄弟。

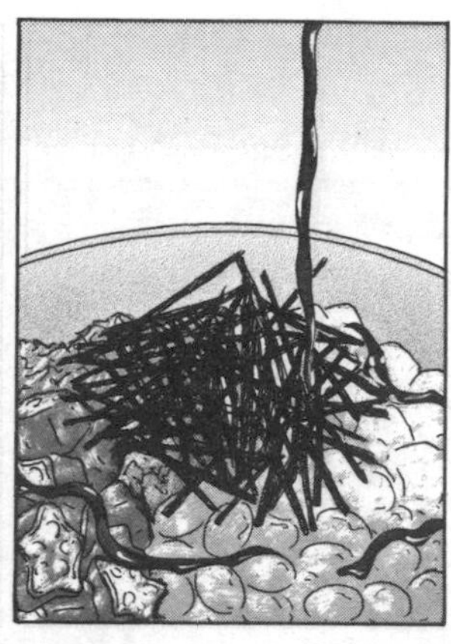

老闆，我辭職了。

我想也是。

喜歡黏黏菜，自己卻黏不住啊！

哈哈，這麼說來也是。

歡迎光臨。

晚安，老闆。
我要溫酒。

好。
我很不會應付她。

阿新，你喜歡小百合嗎？
喜歡啊！
阿新跟小百合交往之後，風評變差了。成天都這樣公然親熱。

……

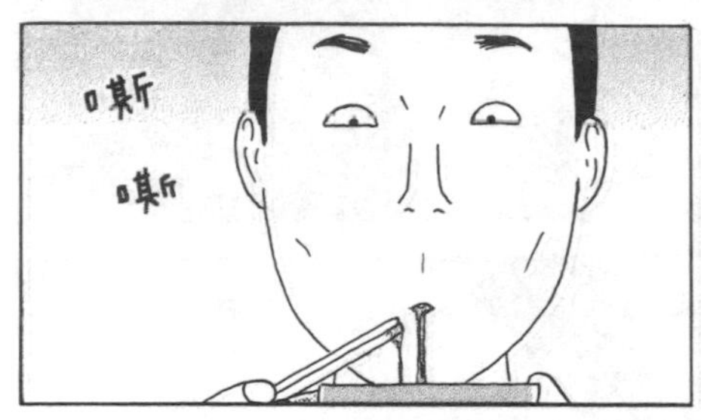
嘶
嘶

?!
……

小哥，那是什麼？

這個是黏黏菜，山藥、秋葵跟納豆混合的。

好像很好吃。

哎?!什麼啊……嗯，知道了，我去。

可以叫嗎？
好啊！

抱歉，我去一下。
哎—

老闆，給她一份黏黏菜。

好。
就這樣，阿新出去後還不到一分鐘——

我可以坐過去嗎？

咦？喔，請便。

我叫小百合，請多指教。
這位小百合比山藥、秋葵和納豆加起來還黏人，一旦貼上男人就黏著不放。

哎喲……
……

哇——牽絲耶……

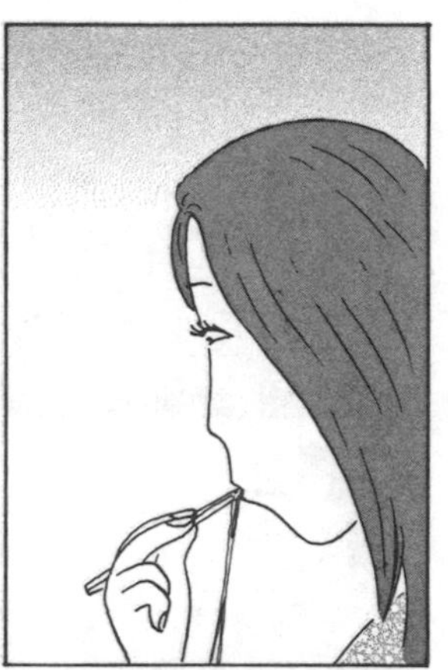

怎樣，不錯吧？

嗯！

紗
快一小時後，櫻井要走了，她立刻黏著他一起離開。
強

阿新沒回來是怎樣……
八成不會回來啦！

他計畫好了逃離她的。

唔，櫻井沒問題吧……

めし
一週後——

前天小百合到我家把行李拿走了。

她要搬去上次在這裡碰到的男人家裡。
這樣啊……

真看不出來阿新這麼壞，你把那位小姐塞給櫻井了吧？

不要說得這麼難聽，是小百合自己決定要換人的。

她在阿新那裡待了多久？
三個月。一開始我很高興，但因為她一直那個樣子……

我忘不了小百合決定跟我交往的時候，她的前男友跟我說的話。

哎，說了什麼？

喀啦

辛苦你啦！

晚安，老闆！

！

啊，阿新，你好嗎？

嗯。啊，老闆算帳。

最近比較忙啦……

哎——要走了啊?!

阿新付帳出去的時候，
回頭對櫻井說：
辛苦你啦！

……
那時櫻井的表情
真是……

五天後，櫻井一個人來，
一面攪拌黏黏菜，
深有所感地說：
……老闆，

跟她比起來，

這一點也
不黏啊！

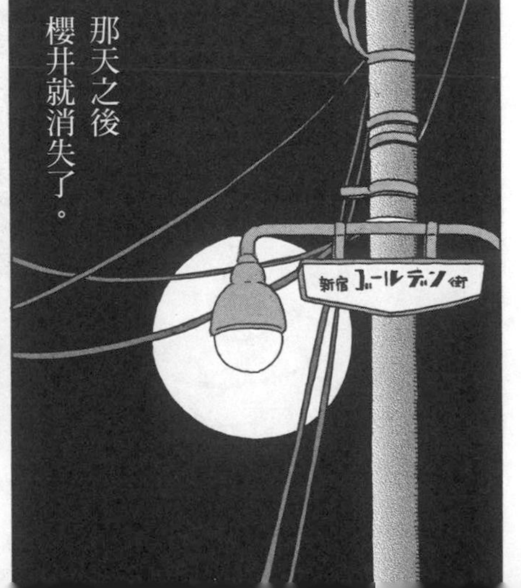
那天之後
櫻井就消失了。
新宿ゴールデン街

小百合
回老家兩三天，
再回來的時候，
公寓已經搬空啦！

他逃走啦！哈哈哈，我很明白他的心情。

小百合來店裡找過，好像完全沒有頭緒。昨天也來一面吃黏黏菜一面哭。

這樣啊……她沒有男人活不下去。

喀啦

?!

啊，阿新！

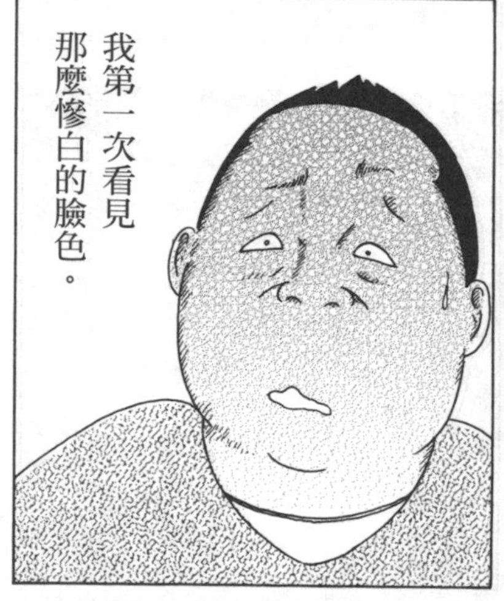
我第一次看見那麼慘白的臉色。

# 第190夜◎南蠻雞

炸雞燴上糖醋醬汁
加上大量塔塔醬。
宮崎出身的楓小姐
評論店裡的南蠻雞——

老闆，燒酒加冰塊。

好。

!

妳在吃什麼啊？

!

南蠻雞。

好吃嗎？

馬馬虎虎。

老闆，我也要南蠻雞。

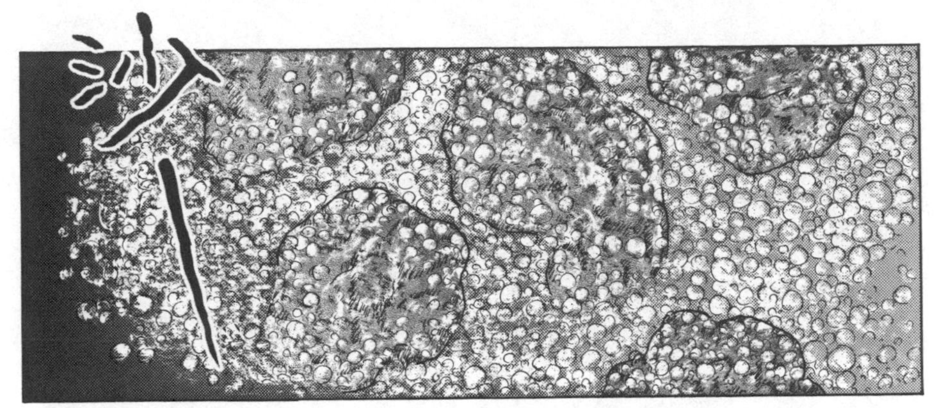
沙——

妳以前是道上的吧？
這是茨城前任大姐大，

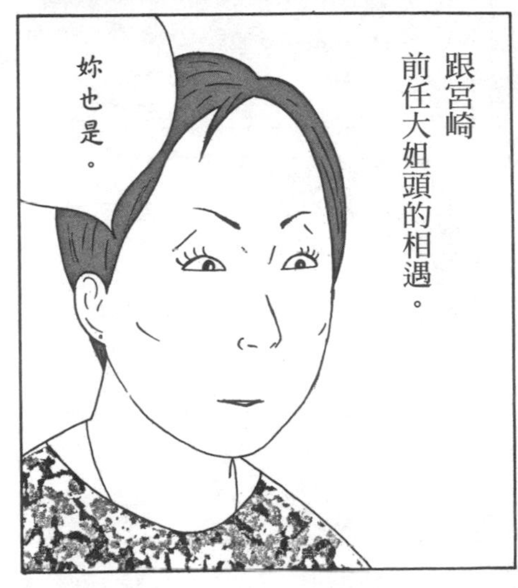
跟宮崎前任大姐頭的相遇。
妳也是。

南蠻雞，久等了。

一看就知道耶！
當然知道啊！

我叫由香里，在二丁目開小酒館。

哎，木工?!好酷！有年輕的帥哥要介紹給我喔！

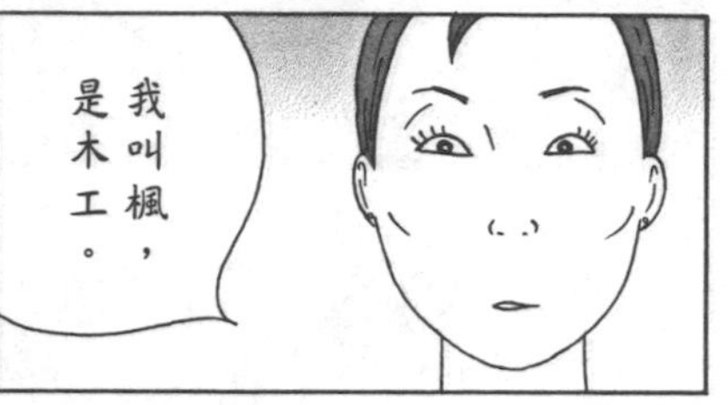
我叫楓，是木工。

哼，這種傢伙最討厭了。

妳說什麼？少在那裡耍帥了！

嘰哩呱啦吵死了。
喂，喂！
我心想，原來前任不良少女會這樣看彼此不順眼啊……

十天後——
老闆，來啤酒！

怎麼啦?!

小永最棒了！
超性感！

這兩人在小永的現場演出上碰到，發現彼此志同道合，果然前任不良少女都喜歡小永啊！

在那之後，這兩人——
感情好的時候很好，

那個女人超讓人不爽。
也有吵架的時候。

不愧是前任不良少女。
看都不想看那傢伙一眼。

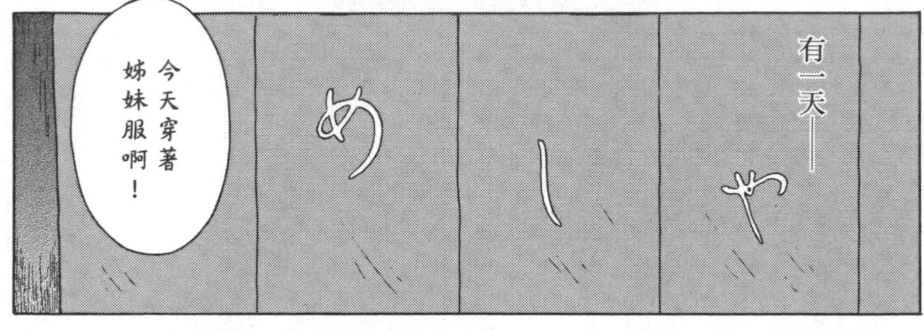
有一天——
めしや
今天穿著姊妹服啊！

我硬要阿楓跟我一起去茨城棒球場。

去看由香里的兒子最後的比賽。

茨城棒球場？

由香里有兒子啊？

那孩子是高中棒球隊，由香里以前的同伴跟她說孩子是縣預選比賽的先發投手，他叫什麼名字？
祐太。

嗯……出生七個月後就送養了。

對，祐太長得好像由香里，是個帥哥。

這樣啊！

是嗎？我一直哭都沒看清楚……

什麼啊！但是很好啊，孩子好好長大了。

嗯……阿楓，今天真的謝謝妳。

經歷了這樣的事情，兩人感情更好了，彼此交心，無話不談。
花園五番街
月見堂
Life
BAR

我這樣對阿楓太不好意思了。阿楓的兒子死於車禍……

咦?!

肇事者是酒醉駕駛，那傢伙刑滿出獄的時候，阿楓把他打個半死，自己也去坐了牢。
豬肉味噌湯定食 六百圓
啤酒（大） 六百圓

原來如此……

夏天結束的時候

南蠻雞，久等了。

喀
啦
由香里?!

怎麼啦？

祐，祐太……

由香里！
怎麼辦，祐太……
由香里的兒子
被當地不良少年圍毆，
住進了醫院。
……幸好沒有大礙，
一個月之後就出院了，
但是……

新年的時候——

要熱酒。

怎麼啦？穿得一身黑。

嘿嘿，辦了點事。

還要大盤南蠻雞。

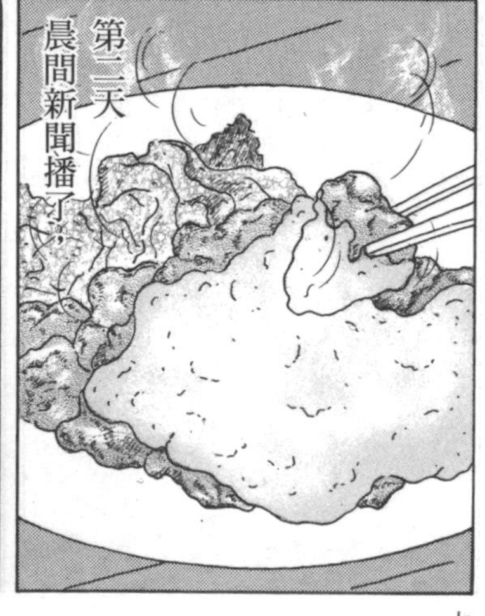
第二天晨間新聞播了，

茨城的不良少年集團被兩名黑衣人士痛毆，受了重傷。
嘻嘻。

# 清晨3時

# 第191夜◎甘藍菜酒蒸蛤蜊

長崎小姐來的日子總是下雨。

久等了。
春甘藍和蛤蜊
一起酒蒸，
很受好評。
現在是受歡迎的
固定菜色了。

蛤蜊跟大蒜和鯷魚
先稍微炒一下，
蒸出的高湯很讚，
淋在飯上也很好吃
喔！

甘藍
好好吃。

老闆，
給我白飯。

長崎小姐
寫時尚相關的文章。
最近剛剛離婚
常到這裡吃晚飯。
♫

喀
啦

歡迎光臨，
還下雨嗎？

我讓雨停啦！

不愧是
晴天男子
光井！

謝謝，
別名又叫
太陽使者。

啊，
對不起。
哈。

是不是有點晃眼？

老闆，甘藍菜酒蒸蛤蜊和白飯。

哪裡，沒有……

好，跟這位一樣呢！

哎?!

這個很好吃。

晴天男子真令人羨慕……
是嗎？

我是雨女啊！
不管是遠足還是畢業典禮、成人禮，只要有活動就下雨。

結婚典禮的時候颳颱風。

好厲害，但一直是晴天也很難受啊，直射的日光！老是戴著帽子結果就是只有光頭沒曬黑！

真辛苦。

真的很辛苦。

雨女跟晴男
就這樣聊了起來，
回家的方向一樣，
就一起搭計程車回去了。
我第一次見到
長崎小姐那麼開朗。
哈哈哈
哈哈

十天後
新宿ゴールデン街

陽子小姐好厲害喔！

怎麼啦？

陽子小姐說沒挖過貝殼，我們今天就去千葉了，天氣本來很好的。

結果到了當地下起傾盆大雨……
我也大吃一驚。

所以我們要甘藍菜酒蒸蛤蜊。

好。

從那時起，
兩人交往
有晴有雨，
好像
滿順利的……

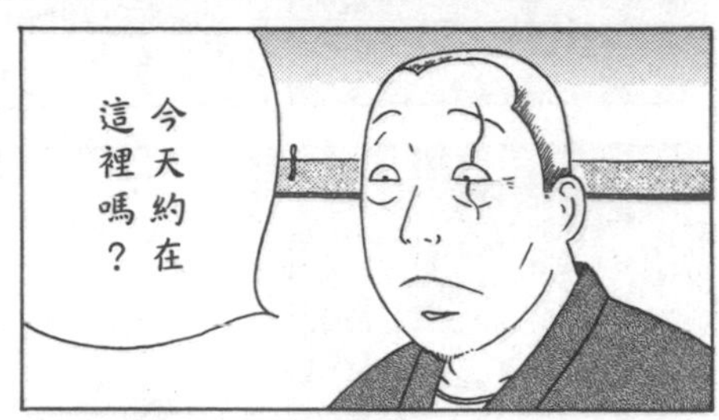
今天約在
這裡嗎？

沒有。
請給我
冷酒。

……光井先生
的太太和女兒
從北海道
來了。
咦
?!

光井
結婚了？

單身赴任。我已經不想再結婚了，所以本來覺得這樣剛好……

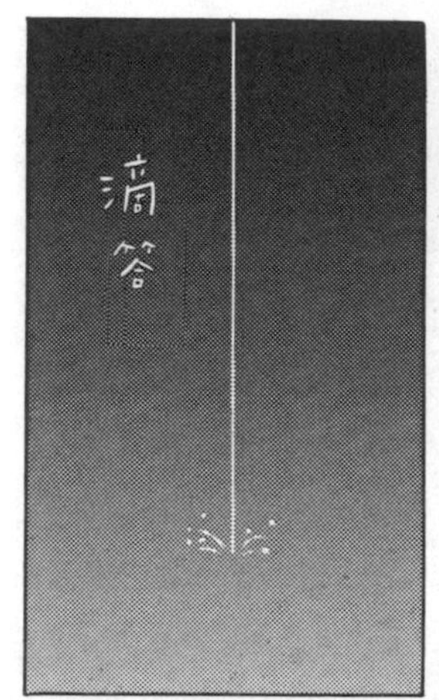
滴答

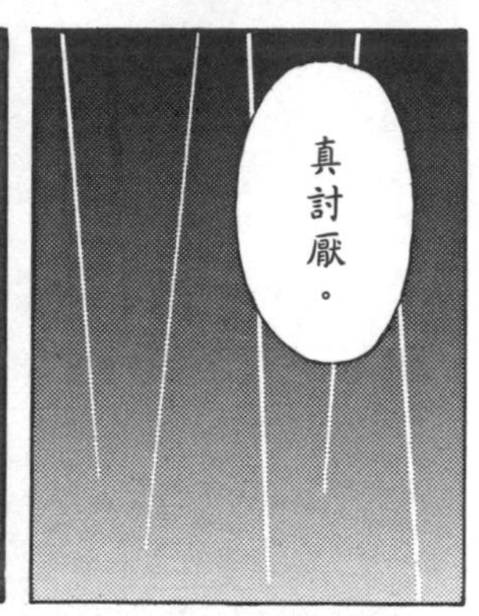
真討厭。

我討厭自己這樣……

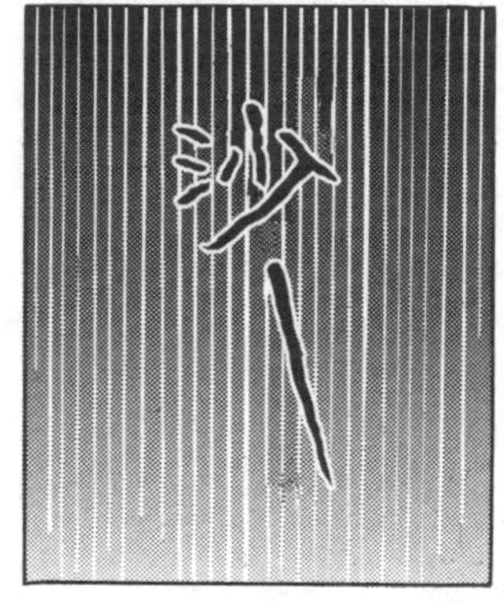
沙—

三天後——
めし

昨天我帶太太和女兒去迪士尼樂園，結果下了大雨。我女兒一直抱怨說爸爸不是晴男嗎？

昨天好像是
長崎小姐的生日，
你知道嗎？

?!

本來想割捨，
但卻放不下啊
……

……

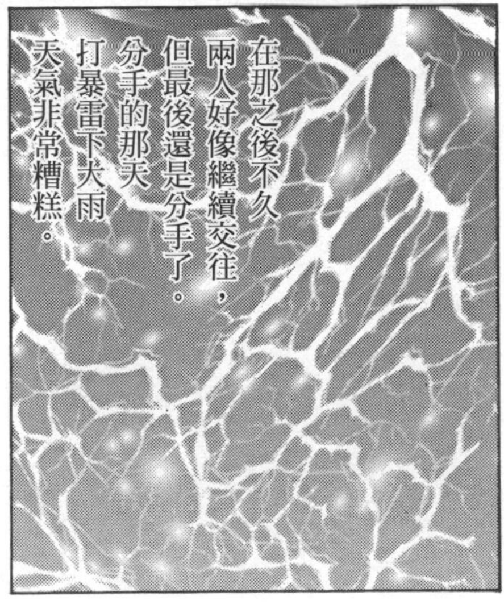
在那之後不久
兩人好像繼續交往，
但最後還是分手了。
分手的那天
打暴雷下大雨
天氣非常糟糕。

兩人心裡都不是滋味，
就再也不見面了。
過了將近一年，
春甘藍的季節來臨，
長崎小姐出現了。

最近我變成晴天女郎了。有事的日子一定放晴，之前簡直不像真的。

跟光井先生分手時，雨都下完了吧！

哈哈，可能吧！

啊對了，之前我碰到光井。

我在二丁目的街角躲雨，光井渾身濕透跑過來。
真討厭，最近不知怎地變成雨男啦！

# 第 192 夜 ◎ 碎肉炒豆芽

每個人都有一兩首
拿手的歌曲。
阿高的是〈22歲的別離〉，
現在唱還會熱淚盈眶，
真不知道他22歲的時候
發生了什麼事。

阿高，
最近還唱
那首歌嗎？

久等了，
碎肉炒豆芽。

嗯，
偶爾唱。

我開動了。

嗯，不管誰怎麼說，豆芽就是要炒碎肉。

反正也沒人說什麼啊！

就是。最近碎豬肉叫做刀邊肉來賣呢！

喀啦
燒酒和炒豆芽，要放碎肉。

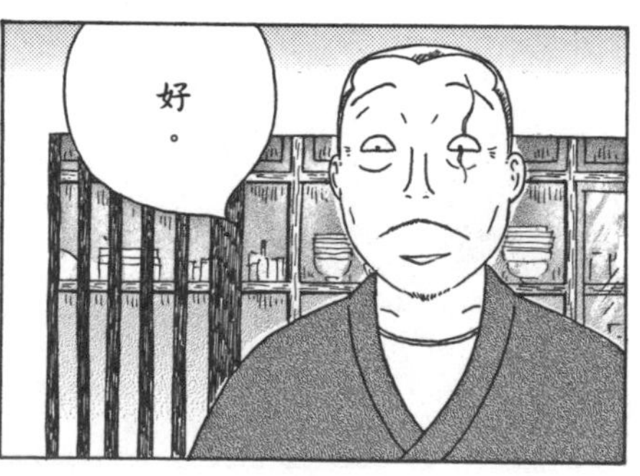
好。

喲，神田川。

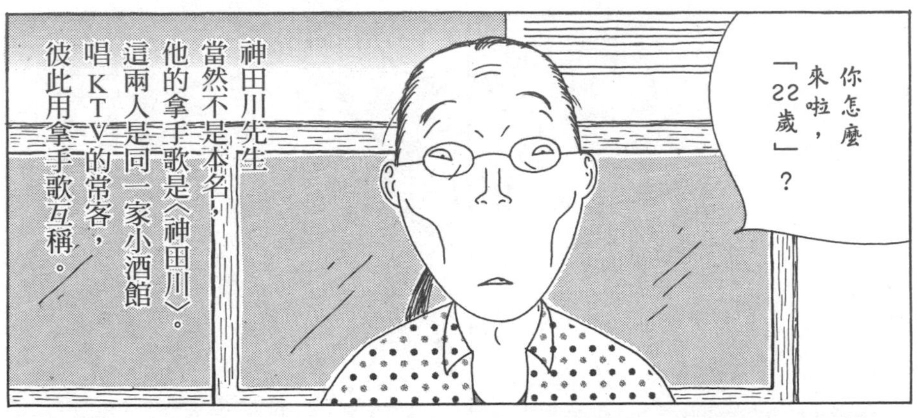
你怎麼來啦，「22歲」？
神田川先生當然不是本名，他的拿手歌是《神田川》。這兩人是同一家小酒館唱KTV的常客，彼此用拿手歌互稱。

嗯，還是這個好。

你們都喜歡碎肉炒豆芽呢！

以前很窮啊！
就是，只有炒豆芽，幾乎沒碎肉……

那個時候年輕啊……♪

去唱歌吧？
好啊！

年輕的時候
無所畏懼，
只怕你的溫柔
……

請你一直是
原來的樣子，
不要改變……

我跟那兩人
一起唱過
KTV，
兩個人輪流唱。
哎？

〈神田川〉和
〈22歲的別離〉
唱了不只十次。

一定是
有原因的。

不知怎地，
好像能理解
兩人為何到
現在還單身。
豬肉味
啤酒
日本酒
燒酒
每位客

一個月後
めしや
めし

久等了。

今天唱過了才來嗎？

嗯，我是……

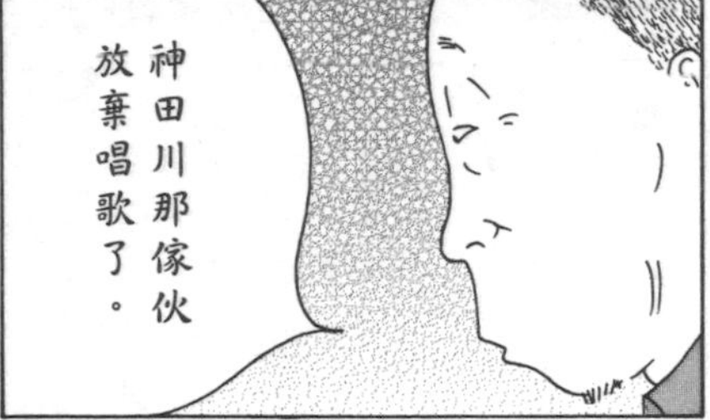
神田川那傢伙放棄唱歌了。

發生什麼事了嗎？最近都沒看見他。

我們在小酒館唱KTV的伙伴八個人，一起去熱海泡溫泉……在那裡碰到了旅館的女侍，是神田川的前妻。

啊，這不是正雄先生嗎?!
?!

惠子……

她好像變了很多。在那之後，神田川就一直不說話。

回家後，把以前在山上畫的她的畫像在廚房燒掉了。

……

阿高後來跟〈22歲的別離〉的女主角見過面嗎？
一次都沒有……

咚／
咚／

結婚證書什麼的我都交給她辦，所以當時不清楚，但她年齡隱瞞了八歲。

哎？那到底是幾歲分手的？

我22，她30吧！
為什麼分手？

不知道……是她要分的。突然說不想跟我在一起了。我拚命工作，每個月只有一千日圓零用……

一個月一千日圓零用也太少了，連酒都喝不起吧？

酒在家裡喝，小菜都是這個。

她不會做菜但很漂亮，是我配不上她。要是她能幸福地過活就好了。

能跟你說再見
一定只有今天，
明天摸到你

溫暖的手，
就說不出來了。
我這麼覺得……

阿高最近交女朋友了。而且還比他小三十歲，看起來像父女。

大家好。
喀
啦

這位麻子小姐
好像聽到阿高唱的
〈22歲的別離〉，
就來電了。
麻子好像也有過去，
但兩人在一起感覺很好。

對了，阿高，今天我媽五年以來第一次打電話給我，說要來東京玩，要不要一起吃飯。
在沖繩的媽媽？

我媽偶爾也會做這道。

嗯，我想帶阿高一起去讓媽媽認識。

沒問題嗎？我們年齡差這麼多。

麻子的媽媽幾歲？

不知道……跟阿高差不多吧，她看起來年輕。

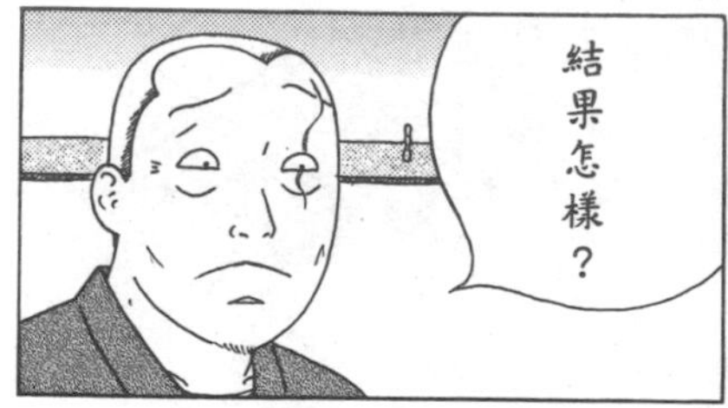


我本來心想
糟糕了，
結果我前妻說
……

# 第193夜◎蛋豆腐

離開了四年的
大神先生回來了，
還帶著一個小男孩……

他也吃
這個嗎？

蛋豆腐丼。

我開
動了。

這孩子是
……？

在九州同居過
一陣子的
女人的兒子。

媽媽呢？
死了
……

老闆，給我酒。
喀啦

小綠最近喝太多了吧？

喝酒是工作別管我啦！

！

來。

?!
這是水吧！

身體會壞的。喝了這個，吃點茶泡飯就回家吧！

……

喂，幹嘛一直看人家啊！

……

讓妳不舒服很抱歉。小姐跟這孩子死掉的媽長得很像。

……是喔！

小朋友叫什麼名字？

喂，名字。
……大三。

大三？名字跟我爺爺一樣。大三，你在吃什麼？
蛋豆腐丼。

哎，好吃嗎？

老闆，我也要蛋豆腐丼。

嗯。

我要吃了。

嗯，這滿好吃的。

嗯！

大神先生走的時候說，
要是大三自己一個人來，
要吃什麼就讓他吃，
留下了一萬日圓。

那個人
是做什
麼的？

大神先生嗎？
是職業麻將師，
最近被人叫做
「帶子大神」。

帶子大神
啊……

在那之後，
大三和小綠
在店裡見過幾次，
就熟起來了。
我告訴大神先生，
他笑著說：

那傢伙
跟我一樣
喜歡巨乳。

自摸。

餓了就
先吃吧！

嗯。

大三真喜歡
蛋豆腐。

大三
喜歡布丁？
嗯。

那明天一起
去吃好吃的
布丁吧？

真的
?!

♪

和磨，
怎麼啦？
哎？現在？
……我去，
馬上就去。

抱歉，大三，
我突然有
事。布丁下
次再吃囉！

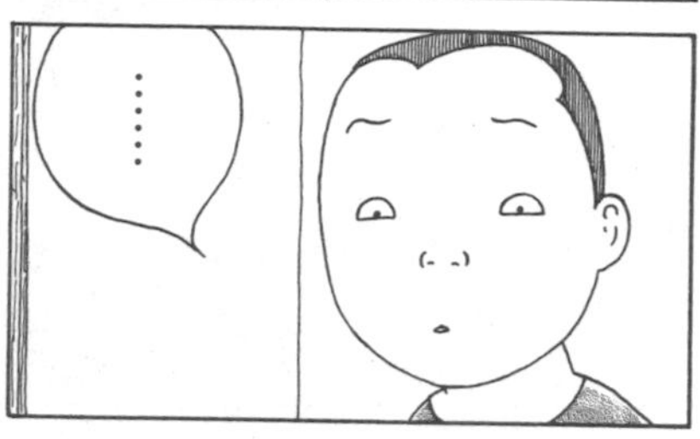
……

……
小綠走了之後，
大三非常失望，
看著真可憐。

大三，不用
這麼失望，
布丁叔叔做
給你吃。

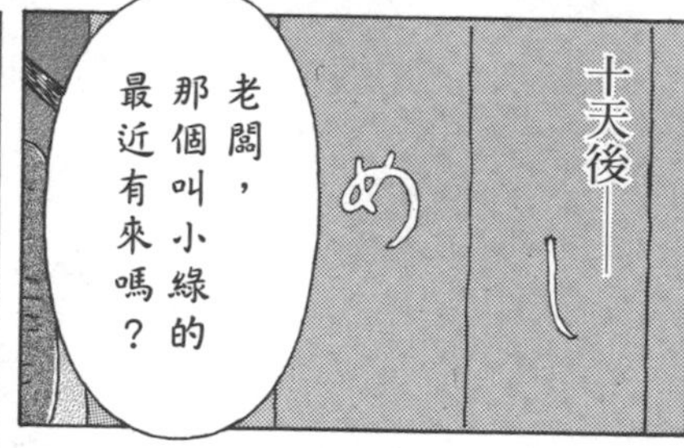
十天後——
めし
老闆，
那個叫小綠的
最近有來嗎？

這麼說來，
上次之後
就沒來過了。

你知道她在
哪裡上班嗎？
大三最近
無精打采呢！

那個女孩有個吃軟飯的小白臉，以前是牛郎，現在自稱賭神。他可能叫小綠去更能賺錢的地方上班了。

這樣啊……

之後不久，在某人別墅裡舉行了大型麻將比賽。那個傢伙在那裡跟大神先生搭話了。
你是大神先生吧？我聽小綠提過你，「帶子大神」聽來真酷啊！

小綠現在在哪裡？

照樣精神飽滿地賺錢呢，今天請你手下留情啦！

小哥，我又贏了。

大神先生
把那傢伙
打得一敗塗地，
然後說：

離開小綠！
……你在這裡已經
混不下去了。

……但是，
他好像多管閒事了。
你把和磨
怎麼了?!
把我的和磨
還來！

姐姐
……

你要是沒回來
就好了，
帶子大神，
快滾吧！

那天之後
帶子大神又消失了。

# 第194夜◎酒釀小黃瓜與梅肉小黃瓜

請。
抖
不吃嗎？

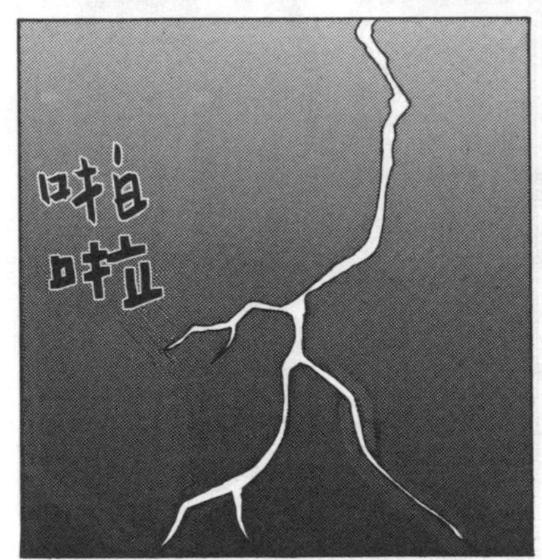
啪啦

……

好大的雷。

真的。

為什麼會變成這樣，要從一個月前說起。

大家好。
那天，當編輯的二谷帶著「酒釀小黃瓜」女士來了。

歡迎光臨。

沒想到會在深夜電影院碰到諸星老師。

不要叫老師，叫我瑠依就好。

酒釀小黃瓜，久等了。
瑠依小姐是二谷編輯的雜誌上寫星座專欄的占星師，兩人偶然在電影院遇上，看完電影就來喝一杯。

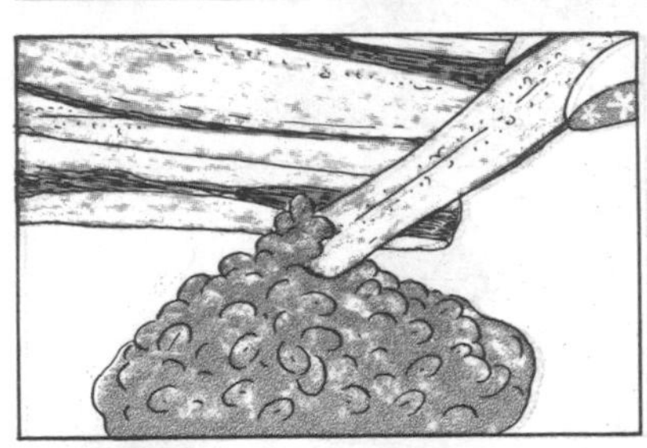

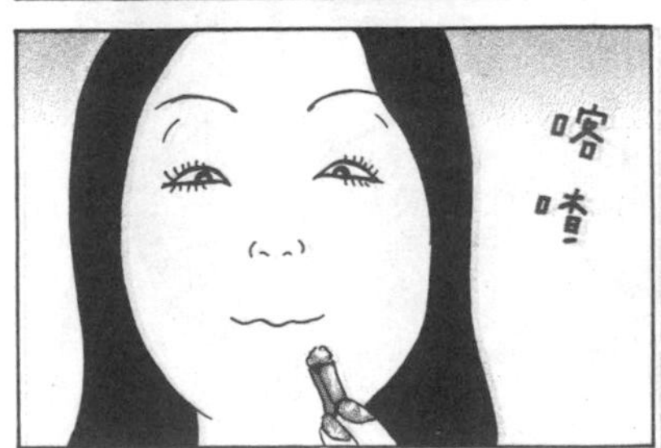
喀喳

喀喳
喀喳
瑠依小姐喜歡酒釀小黃瓜？

嗯，夏天的時候我喜歡用酒釀小黃瓜配冷酒。二谷呢？

夏天果然要吃酒釀小黃瓜啊！

今天真高興。我以前就想跟瑠依小姐好好聊一次天。

啊，只聊一次嗎？
咦?!

……
啾

老闆，再來一杯冷酒。
世上就有分明不會喝酒，還硬要在女人面前逞強的傢伙。二谷就有點像這樣。

二谷，我看一下你的手。

瑠依小姐會看手相嗎？

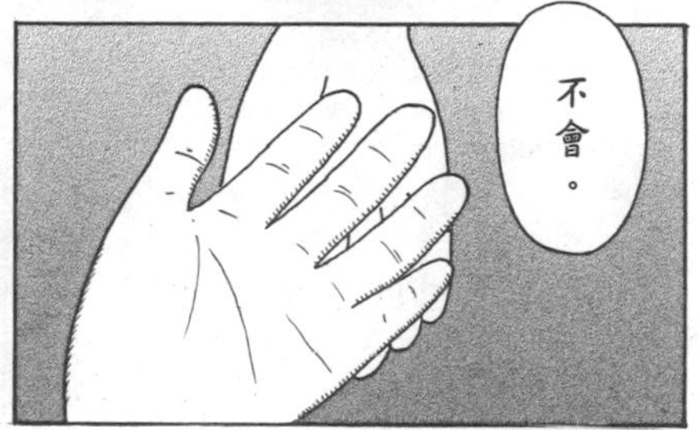
不會。

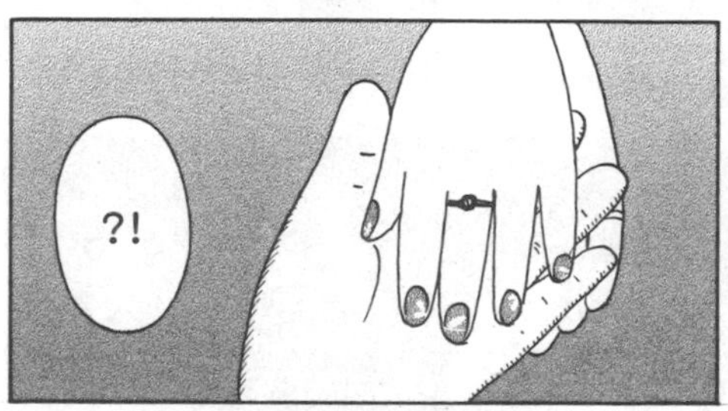
?!

只是想這樣而已……嘻嘻。

瑠依小姐，我們再去一家吧！

嗯，怎麼好呢……

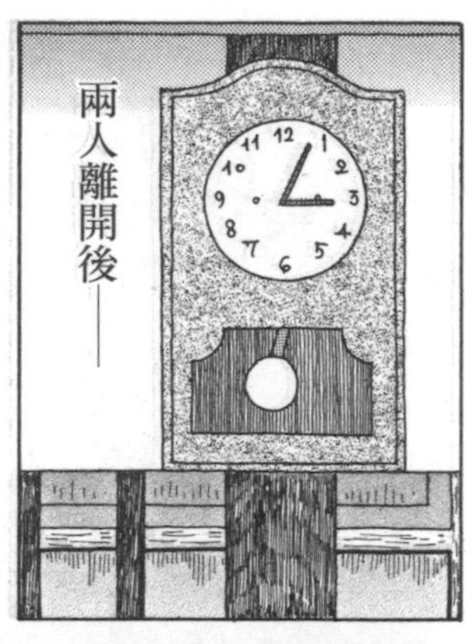
兩人離開後——

那個女的比他厲害多啦！

這就是騙人反而被人騙吧！

二谷在那之後自信起來，沒幾天就又帶了不同的女性來甜言蜜語。

高坂小姐跟我說話，我真是太高興了。我一直很傾慕高坂小姐。

我不知道二谷這麼會說話。

是真的。
呼～
高坂小姐是二谷的出版社競爭對手的雜誌總編，他們參加某個作家的宴會，結束後高坂小姐邀他到旅館酒吧喝一杯。

梅肉小黃瓜，久等了。

店裡的梅肉小黃瓜，是用梅肉跟柴魚片一起搗爛，然後拌上小黃瓜，如何？

嗯，好吃。
二谷，怎麼樣？

啊，好吃！

你喜歡酒釀小黃瓜還是梅肉小黃瓜？

當然是梅肉小黃瓜。
啊，高坂小姐，我看一下妳的手好嗎？

二谷會看手相？

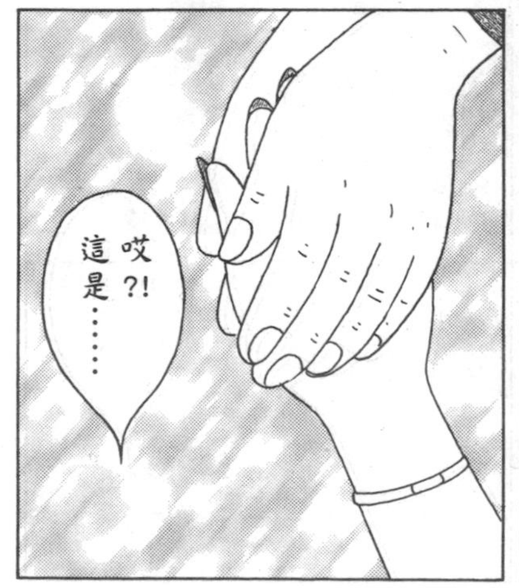
哎?!這是……

只是想
這麼做。

你從哪學到
這種招數的？

嘿嘿，
高坂小姐，
我們再去
一家吧！
嘻嘻。
就這樣，
二谷打算同時把到
兩位熟女……

但跟瑠依小姐
約在店裡的那天──
啊，
流好多汗。
怎麼啦？
高坂小姐
突然進來了。

你說過喜歡
梅肉小黃瓜。

今天的雷好大啊！
嗯！

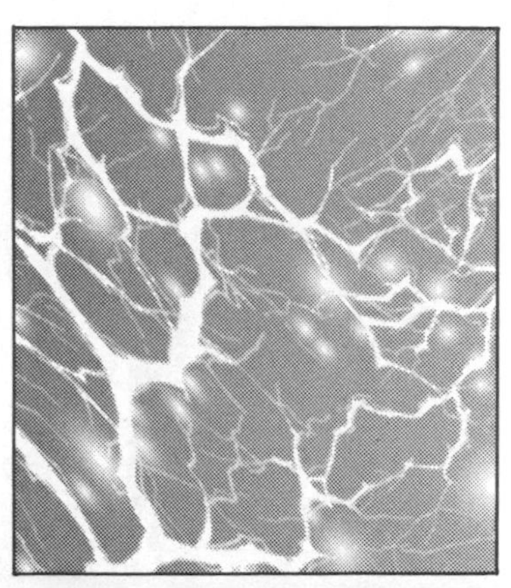

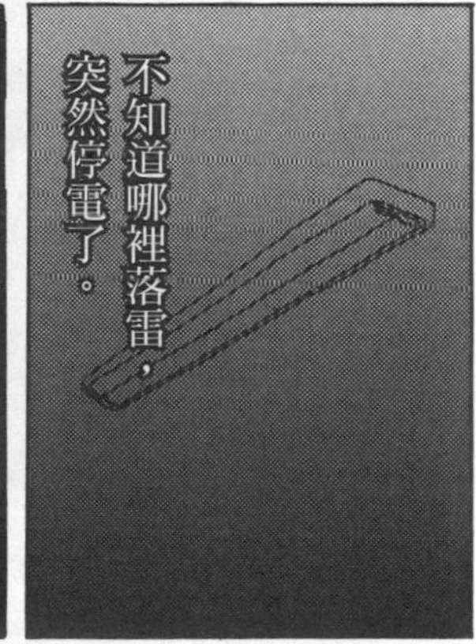
不知道哪裡落雷，突然停電了。

噹
喀喀啦啦

沙—
過了十秒，電就來了……

那傢伙逃走了。

哈哈，真好玩。
真的，二谷流冷汗還發抖。

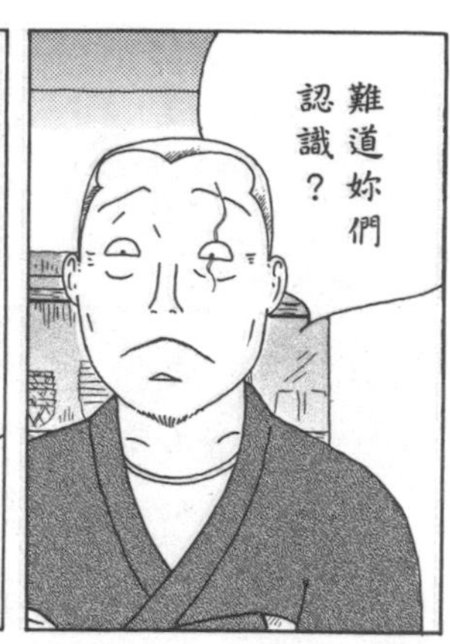
難道妳們
認識？

對。瑠依的寵物
我剛好認識，
就捉弄他一下。

妳並不是
無動於衷吧？

哈哈，
有點心動，
他是帥哥啊！
嘻嘻……
喀
喳

酒釀小黃瓜
也不錯。

女人真是
太恐怖了。

啊，
梅肉小黃瓜
好吃！
是吧?!

這麼說來，
二谷能逃到
哪裡去呢？

# 第195夜◎Tabasco

星期天晚上，本多先生騎著菜籃車到店裡來。

老闆，給我Tabasco。

今天沒帶自己的辣椒醬來嗎？
今天顧不得了。

本多先生非常喜歡Tabasco。什麼都要加，所以隨身攜帶。
來。今天發生什麼事了嗎？
MADE IN U.S.A.
McHENELY CO.
AVERY ISLAND
LA.
TABASCO
BRAND
PEPPER SAUCE

我女兒帶了男友來，要跟我見面。

大概是吧……所以我就說要出去買菸，騎單車跑了。

要你把女兒交給他嗎？

啥？從崎玉騎單車來？
嗯。
竟然能騎到這裡來，天氣這麼熱。

半路上我都快死了。

本多先生反對女兒結婚嗎？

嗯……我也不知道。女兒喜歡他的話就沒辦法了……但是我現在不想見他。

唔，這樣啊！

本多先生當年娶太太的時候是怎樣呢？

我當年？
那時候剛好
太太的爸爸
病得快死了，
急著想看女兒
穿新娘禮服，
所以很順利。

現在想起來真是
幸運。啊，老闆
我要拿波里義大
利麵，肚子餓了。

……有個
逞強的老爸，
你女兒
也真辛苦啊！

本多先生
在拿波里義大利麵上
加了多得嚇人的
「Tabasco」之後，
吃完離開了。

兩週後
めし

龍田炸雞，
久等了。

跟女兒的男朋友見面了嗎？

沒有……後來我又逃了一次，老婆跟女兒都不跟我說話了。

你不喜歡他嗎？

也沒有。我老婆說——

他是我女兒公司的前輩，跟我不一樣，認真又溫柔。

那不是很好嗎？

但是……

爸爸都希望女兒出嫁的那天不要來到吧……

忠先生，別鬧了！
嘿嘿嘿

反正遲早要見，還是快點見面比較好吧？

我女兒說，要是下星期日不跟他見面的話，就不讓我參加結婚典禮了。

就笑著跟他見面吧，要不然，會被記恨一輩子。
也對。

但是本多先生還是逃跑了。

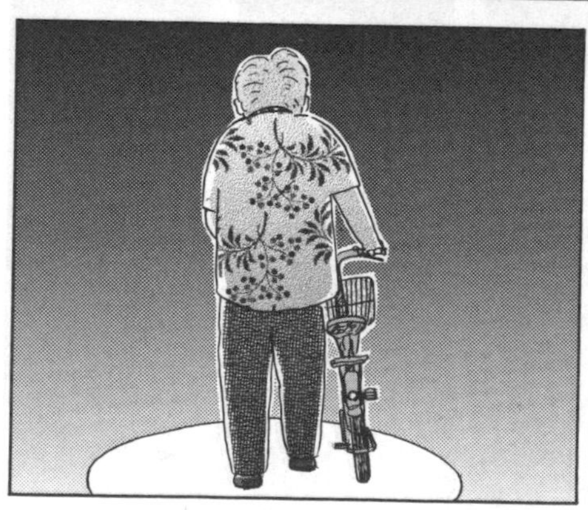

呼，呼。

……

啤酒。兩個杯子。
喀啦

好。

我是正在跟砂織小姐交往的立花康介。

我知道，你不用說了。

來。
謝謝。

肚子餓了吧，要吃什麼？這裡只要說你想吃的東西，老闆都可以做。

這樣啊……那我要豬肉味噌湯定食和納豆。

這位小哥一面攪拌納豆，一面說：

啊……對不起，有Tabasco嗎？

?!
哎？

不介意的話，用這個吧，我自備的Tabasco。

這樣一來，本多先生就喜歡他了。女兒好像是下個月底舉行婚禮。
每位客人限點三杯酒

# 第196夜◎蟹肉棒沙拉

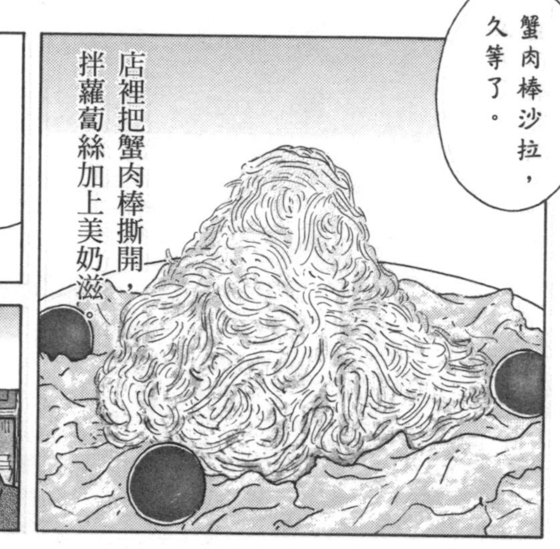
蟹肉棒沙拉，久等了。
店裡把蟹肉棒撕開，拌蘿蔔絲加上美奶滋。

我開動了。

喜歡蟹肉棒啊！

嘻嘻……比真的蟹肉還喜歡。

我要蟹肉沙拉。
我也要。
我也要。

我也要。
不好意思，今天蟹肉棒已經用完了。

哎喲，不好意思，只有我吃……

沒關係啦！
請吃，請吃。
真的別介意。
請吃吧！

她離開後——

那是誰啊？
做什麼的？

小壽壽桑店裡的客人，前幾天小壽壽桑帶她來的。

好像在哪裡見過她……

我也是，看著面熟……

啊，想起來了，吉原的高級泡泡浴。
泡泡浴?!

喂，人家是作家。寫恐怖小說的，好像姓黑繪。

等一等，我查查看。

……真的耶！黑繪小鳥，恐怖推理小說家。
黑繪小鳥
最新恐怖

我看看。
哎……

但是真的跟泡泡浴小姐很像啊！

我不知道泡泡浴小姐，但以前真的在哪見過……

次日——
めし

看一下這個。

午後的熟女們

看吧！
喔！

喀啦

啊?!

怎麼啦？

……

啊，沒事。
要蟹肉棒沙拉嗎？

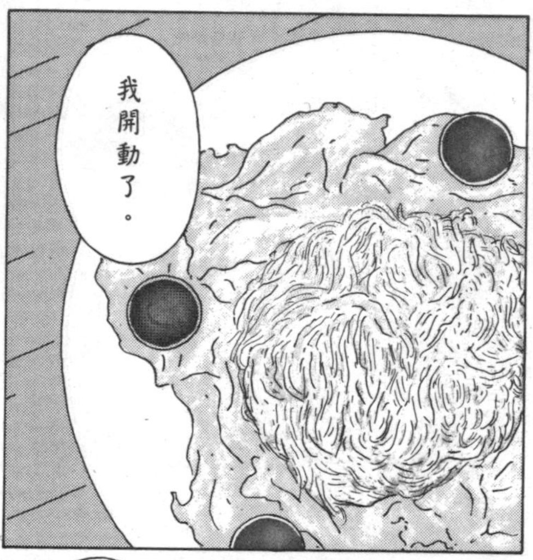
我開動了。

真的喜歡蟹肉棒啊！

嗯……我是貧困出身的女人，嘻嘻……

真的像耶！
午後的熟女們

嗯嗯。

蟹肉棒確實不錯吃，
但比真的蟹肉還喜歡的，
大概只有她了吧！
不過又好像不是
這樣呢！

店裡的常客
庸醫笹原醫生
帶了一位蟹江先生來，
他是整型醫生……
TOYO

喔喔，
真不錯呢！

做整型手術
賺了那麼多年，
為什麼喜歡這種
便宜的玩意啊？
吃真的螃蟹
不好嗎？
嗯，
這好吃。

我總是
被像真貨的
贗品吸引。

編什麼理由，那只
是你被喜歡蟹肉棒
的女人甩了的後遺
症而已。

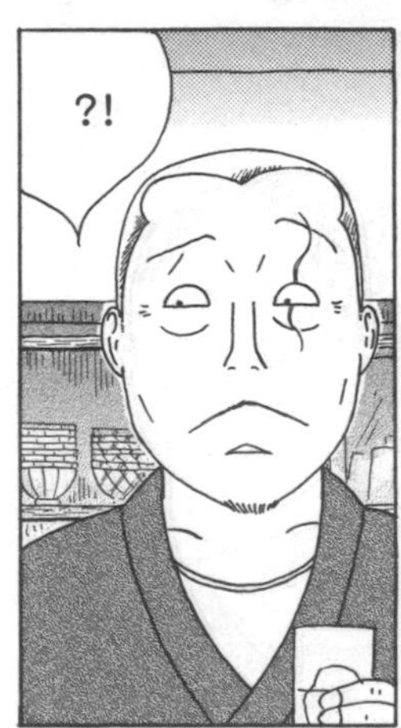
?!

一週後——
めしや

黑繪小姐有妹妹嗎？

沒有，只有弟弟。怎麼啦？

今天我在銀行櫃臺看見一位很像妳的小姐。

哎?!

其實我也看到了，在我家附近超市收銀台的女性。

我真是大眾臉啊……

歡迎光臨。
喀啦
啊……
小鳥！
好久不見了。
醫生怎麼啦？

這位整型外科醫生自從被黑繪小姐甩了之後，就把跟他交往的女性，都整成跟黑繪小姐相似的面孔。

整型外科醫生挨
黑繪小鳥小姐等五位女性
五位女性
蟹江醫生

小鳥病倒，住院了。

也難怪，有好多人的面孔跟自己一樣啊……

但是，人要化危機為轉機。黑繪小姐用這件事為題材，寫了恐怖推理小說。

這是現在的暢銷書啊！
螃蟹醫生
黑繪小鳥

# 第197夜◎飯糰

田邊先生說：「從店裡到這裡的路上，想著今天要點什麼菜呢，是我的樂趣。」

田邊先生是三丁目一家老酒吧的酒保。
他最近開始來店裡，因為太太不久之前去世了。

……以前

我回家的時候，拙荊都會做好，放在餐桌上。

而且總是不合口味。
不合口味？

我想吃梅乾的日子就是鮭魚，覺得鮭魚不錯就是昆布，從來就沒合過。我是可以先說啦，但她也很隨性。

嗯。

喀
啦

老闆，豬肝韭菜和啤酒。
好。

啊，田邊先生！

小道先生。

豬肝韭菜，久等了。

我的前輩攝影師第一次帶我去「池子」的時候，田邊先生的馬丁尼讓我感動萬分。
謝謝啦！

我以為小道先生專門喝啤酒配豬肝韭菜呢！

我也會喝
雞尾酒啊！
田邊先生的
馬丁尼太棒了。

我知道，
我偶爾也去。

哎?!
老闆也去
別家店？
當然啊！
田邊先生
笑著聽我們一來一往。

其實我一直以為，
池子的媽媽桑和
田邊先生是夫妻
呢！

哪裡，
我怎麼會。

媽媽桑
現在也是美人，
年輕的時候
一定很漂亮。

當然啊，當時銀座第一的酒家女都不由得自慚形穢呢！
真的非常美……

看著田邊先生面頰泛紅地說話，我心想，他一直都喜歡媽媽桑啊！

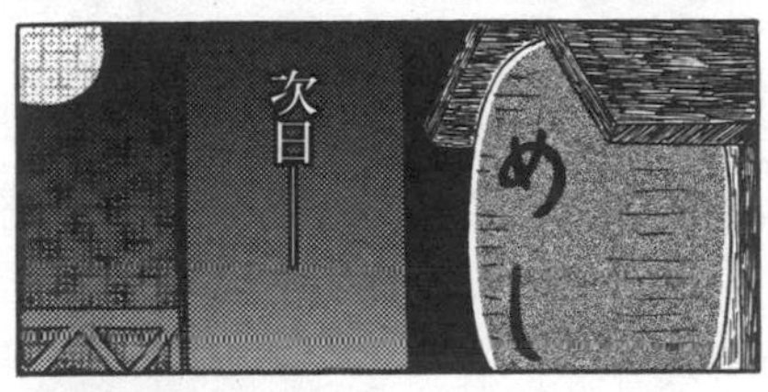
次日——
めし

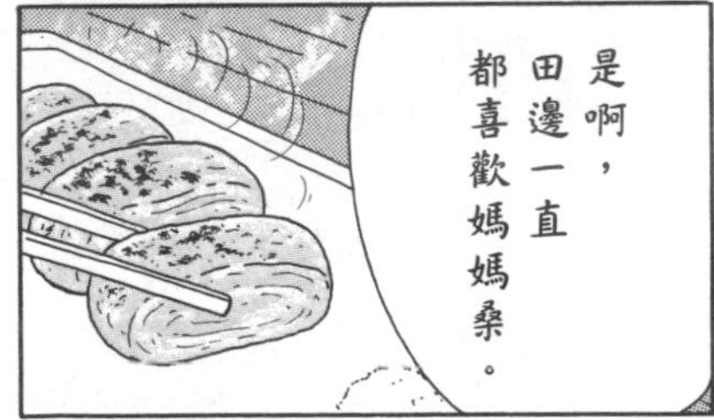
是啊，田邊一直都喜歡媽媽桑。

但是媽媽桑有贊助人，還有很多愛人。
經營同志酒吧五十多年的小壽壽桑，跟田邊先生和媽媽桑都是舊識，知道很多往事。

五十年前，田邊放棄媽媽桑，跟現在已經去世的太太相親結婚了。

BAR
池子

田邊的太太雖然小家子氣，但是個好人。

唔。

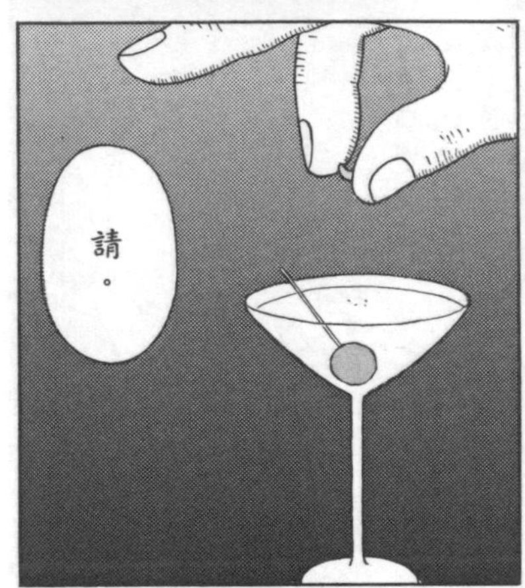
請。

啊——真好喝！

對了，
今天可以做
咖哩雞鬆嗎？

好，
我會準備。

歡迎光臨。

媽媽桑
休息嗎？

嗯，是的，
不好意思。

……這樣啊，
那今天就喝
田邊先生的
馬丁尼對
付了。

田邊先生說，
這樣的對話
不知進行過多少次了。
媽媽桑雖然年過七十
還是有很多粉絲啊……
まねき通り
SNACK
BAR

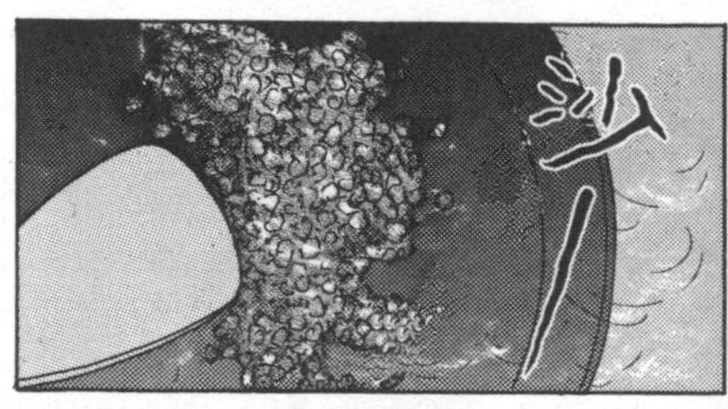
沙

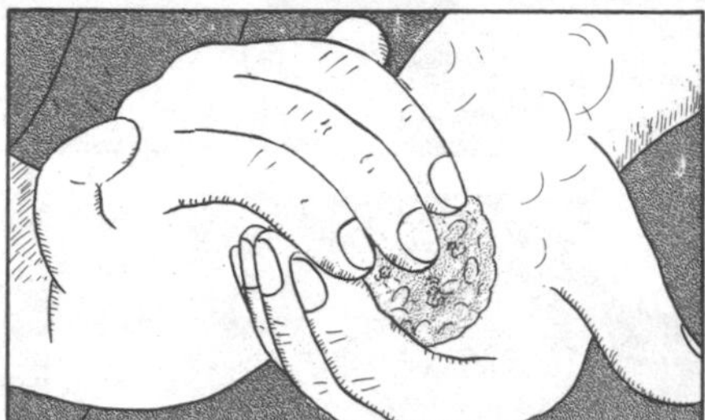

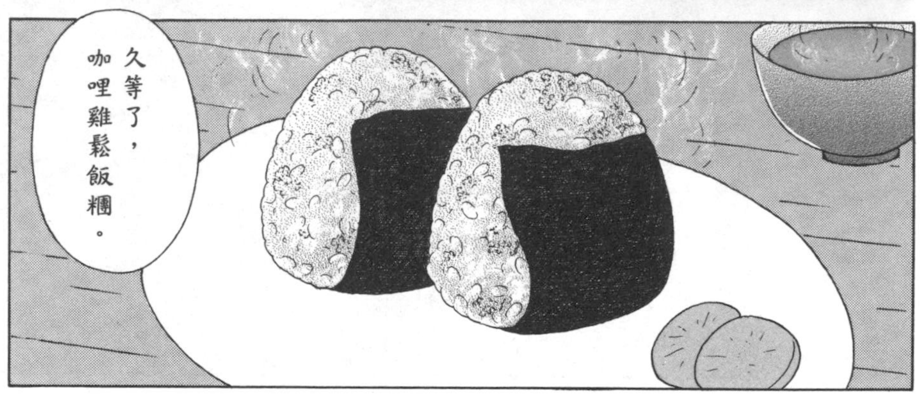
久等了，
咖哩雞鬆飯糰。

……有一天拙荊做了
這個，我說好好吃，
然後就每天都是
這個，我罵她說
妳夠了沒有。

哈哈哈，
真好。
總之她
就是不知
變通。

……嗯，
偶爾吃吃
就很好吃
啊……

在那之後不久，
小壽壽桑說，
池子的媽媽桑
把店讓給田邊先生，
移民馬來西亞了。

一直到新年，
田邊先生才再來店裡。

之前她跟我
說了——
沒有其他客人，
田邊先生話匣子就打開了。

她的贊助人去世了，
得到一筆錢，
覺得也是時候了。

媽媽桑問我，要不要去馬來西亞一起住，……我拒絕了。

哎，為什麼?!田邊先生不是一直對媽媽桑……

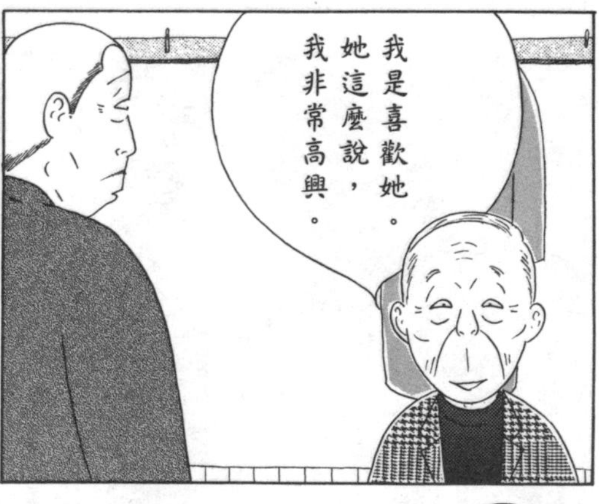
我是喜歡她。她這麼說，我非常高興。

但是我不行的……我自己明白，這麼多年我一直看著她啊！

……而且

這樣對不起亡妻啊……

田邊先生一面說，一面吃咖哩雞鬆飯糰，寂寥地微笑起來。

# 深夜食堂14

深夜食堂YY0314

作者

## 安倍夜郎（Abe Yaro）

一九六三年二月二日生。曾任廣告導演，二〇〇三年以《山本掏耳店》獲得「小學館新人漫畫大賞」，之後正式在漫畫界出道，成為專職漫畫家。

《深夜食堂》在二〇〇六年開始連載，由於作品氣氛濃郁、風格特殊，三度改編成日劇播映，由小林薰擔任男主角，隔年獲得「第55回小學館漫畫賞」及「第39回漫畫家協會賞大賞」。

譯者

## 丁世佳

以文字轉換糊口二十餘年，英日文譯作散見各大書店。

對日本料理大大有愛；一面翻譯《深夜食堂》一面照做老闆的各種拿手菜。

長草部落格：tanzanite.pixnet.net/blog

裝幀設計　黑木香
美術設計　佐藤千惠+Bay Bridge Studio
內頁排版　黃雅藍
手寫字體　鹿夏男
責任編輯　梁心愉
行銷企劃　傅恩群、詹修蘋、王琦柔
版權負責　陳柏昌

初版一刷　二〇一五年五月六日
初版九刷　二〇二〇年一月十三日
定價　新臺幣二〇〇元

**ThinKingDom 新經典文化**
發行人　葉美瑤
出版　新經典圖文傳播有限公司
地址　臺北市中正區重慶南路一段五七號一一樓之四
電話　02-2331-1830　傳真　02-2331-1831
讀者服務信箱　thinkingdomtw@gmail.com
部落格　http://blog.roodo.com/thinkingdom

總經銷　高寶書版集團
地址　臺北市內湖區洲子街八八號三樓
電話　02-2799-2788　傳真　02-2799-0909
海外總經銷　時報文化出版企業股份有限公司
地址　桃園市龜山區萬壽路二段三五一號
電話　02-2306-6842　傳真　02-2304-9301



深夜食堂 / 安倍夜郎作 ; 丁世佳譯. -- 初版. --
臺北市 : 新經典圖文傳播, 2015.05-
148面 ; 14.8X21公分

ISBN 978-986-5824-42-6（第14冊：平裝）